純粹夏天

鵝夏天——著

目錄

巴黎夜

塞納河畔的煙花　透露著浪漫訊息
我將古老的天燈　填上超現代韻腳
從協和廣場升起　越香舍麗榭大道
穿過核心凱旋門　飛向第27層鐵塔
燃燒完美的驕傲　巴黎夜醒妳能懂

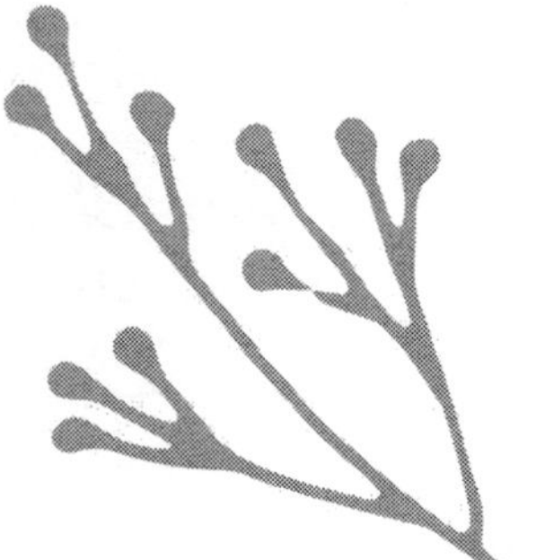

幾度 C

天山雪飄在身旁
冷洌思潮捲千疊
一壺老酒燒胭脂
火燭倒影如妳醉
曲調激昂更瀟灑
日月相思繁星綴
情深緣淺分兩地
妳我之間幾度C

我和妳

清風徐　落山櫻
聆心亭　茶飄香
古樂聲　陣陣奏
瀑布下　石崗上
彩虹橋　繽紛著
幾世緣　今世聚
是非亂　斐語多
斷不了　我和妳

櫻花醉

山櫻環道布滿天
華麗落下遍野紛
三芝小豬蓆地嘗
歡樂氛圍伴嘻笑
沙灘剪影定格憶
夕陽餘暉在心頭
夜市小吃穿梭趣
貓空星光畫句點
低溫釀出一壺酒
紅通臉上櫻花醉

紅色柳丁

紅色柳丁
沒有夜月的殘缺
在最晨的時刻
那瞬間
伴我走了一小段路
不言不語
沒有強烈的灼熱感
淡淡溫暖了我
其中相當冰冷的部份
在十字路口
搖搖晃晃

地心引力薄弱的
將我定在地表
防止
孤獨的黑洞
隨時
可能的吞噬

童年

橘子汽水的年少
王子麵咀嚼出回憶的香味
玻璃彈珠的遊戲
史豔文大戰藏鏡人的畫面
在扮家家酒的橋段
淘氣阿丹遇到喬琪姑娘
一起逛柑仔店
晃夜市
撈金魚射飛鏢
還有棉花糖在融化
復刻童年

在雷雨過後
與手中的海尼根
衝突著

多餘

文字慌亂爬行
在句號之前
仍顯得漫長
一頭亂髮
幾夜鬍渣
聚光燈下的最後一幕
那些我愛妳
變得很多餘

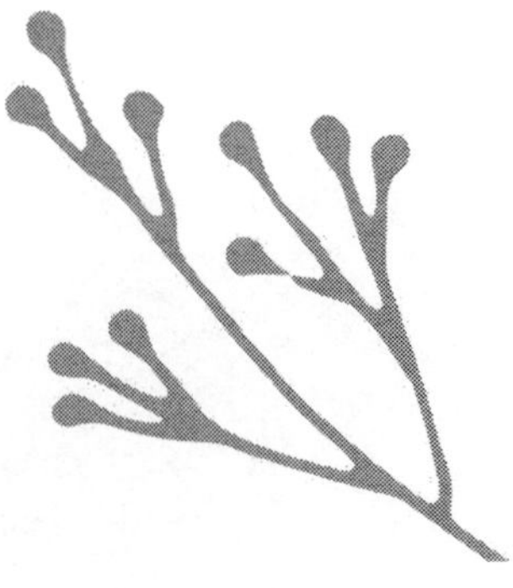

透明感

粉紅 VESPA
在街角驕傲著
飄落的粉櫻
跳著舞
粉色氣球升很高
一旁的靚女拿著粉紅手機

彎起嘴角
泛起的笑意
傳向遠方
從第七階俯角30度
拍下這一幕
很有透明感

失眠

左肩莫名壞了
胃口時好時壞
海尼根倒是一瓶接一瓶
烤土司芥茉
嗆辣流淚
好藉口
莫忘初衷
一閃一閃亮晶晶
最近一件事
是為妳寫詩

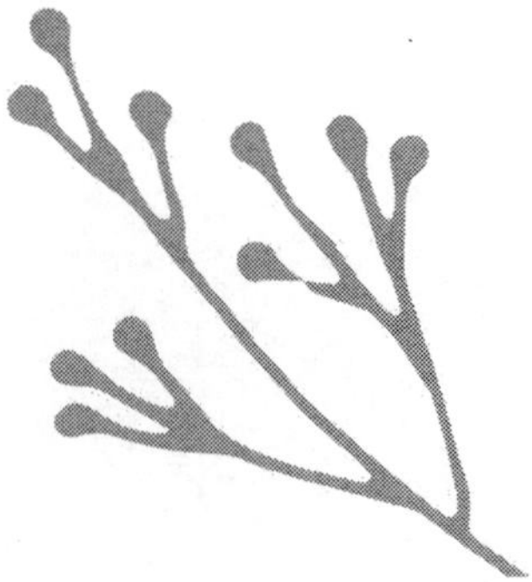

11度

像兩個人緊緊相依取暖
街角的情人已先預習明天
呼出的霧氣也像心型圈
一圈又一圈
繞著彼此
週遭的人事物顯得多餘
一對一
剛好

而冷冽
從低角度穿透著
拉扯我回現實
別對11度
著迷了

原點

霧氣瀰漫
燈光顯得微弱
斑駁的牆在一旁
冷冽風四處流竄
溫暖無法偽造
零星的煙花在夜空綻放
甜蜜問候著
那一條透明的紅線
循著妳
我又走回原點

醉巴黎

以醉巴黎的方式
在五線譜上
丟了莫札特與舒伯特的音符
變奏
成曲
冷洌空氣
不斷的往心底竄入

在第七小節
再變奏
隱藏的溫暖
像旋轉木馬繞著妳
直到妳聽出來
為止

午夏

取好角度後　剪了芒果光　挖了牛奶芋頭雲　跟方塊冰混合刨出一股清涼　貪婪的一口接
一口　然後再被融化成　七彩拋物線　32度的夏午減5%濃度海尼根　會不會等於
妳……

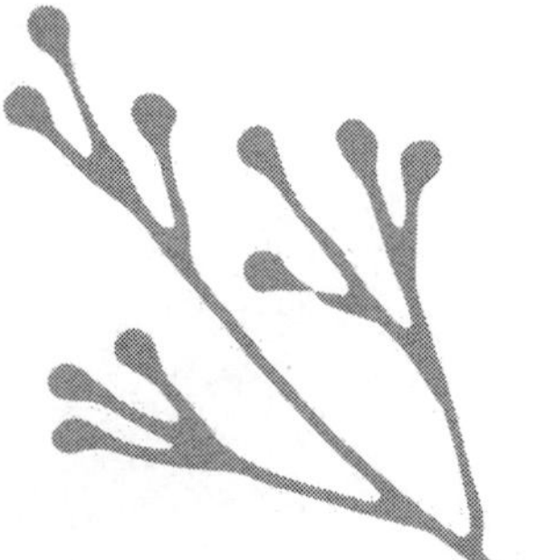

雨

緩慢的節奏 漸漸走到休止符 華麗的終章 有玫瑰花香
卸下專屬的面具 望著妳嘴角上揚狡黠的笑意 一種勝利
三米外 多情郎 狼狽樣 假愛意 偽詩人 這一晚 立高下
蛋黃街景 霓虹細雨 詩畫了我們 手拉手 在第三街口隱去
轉角後 妳的淚水 不留餘地 我打開摺疊的手帕 發出星光
折射到妳眼裡 看了見我自己 像街燈一直都在 罩著妳

妳

散發出令人著迷的亮光，各種100%的表情。
遊走在黑夜邊陲，皎月繁星相形失色。
靈動的步伐，輕輕演繹超展開劇情。
冬至等於夏至的奇幻時節，溫度在身後蒸發。
線的另一邊，可以逗妳開心，也可以讓妳傷心欲絕。

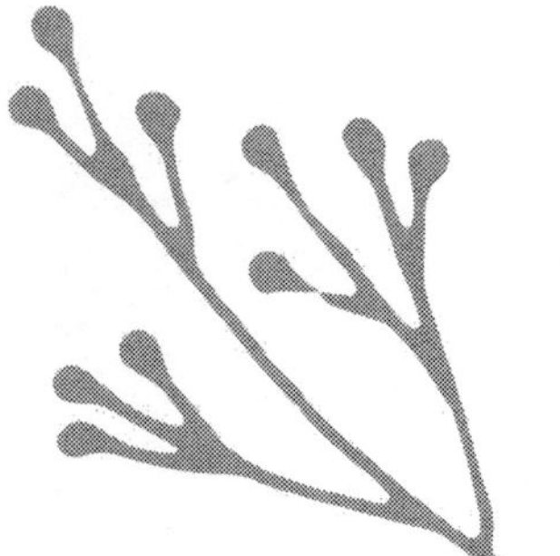

故事

夜燃燒了一陣子，雨落成蒸氣霧了結局。
角色無聲對白，眼神道盡了輪迴！
再一次，又一次，無限重複劇情。
經典名場面，已失去靈魂精髓！
故事裡的人渴望解脫，故事外的我提筆押韻。

節奏

保持距離的節奏　為了避免失控
噗通噗通心亂跳　於是刻意漏了幾拍
重複播放一千次的歌曲　想要填上自己的詩
沉溺在李白與葉慈切磋的時光　看著影子
試圖拉出一幅美好結局　而非未完待續

消失

成疊的線索蜘蛛張網　放射性到達邊際
藍眼睛幾何旋轉　消失在伊斯坦堡　第幾階
跳躍式模擬推理　筆直拉出答案　放在內側口袋
腦波平行愛琴海　彩帶形醞釀茴香酒　鑲上八角冰
一口飲盡　把阿基里斯的弱點　特洛伊的送去　黑洞

春雨

霧茫茫　吉野櫻悠悠自憐
雨紛紛　春風漫緩緩輕撫
閉月絕世美　羞花半遮面　沉魚猶驚艷　落雁幽寸斷
七步巧成詩　沏一杯拉花　離愁久不散　凡塵幾度紅
春雨前戲　又奈何　綿綿不休　誰嘆息
只盼瀟灑　近風雅　寫意落筆　待光影

渡月

吉野已過景　流蘇皎潔飄　梧桐待成雪　流螢似繁星
渡月孤影隨　漫地花海天　不羈心愁緒　夏夜空徘徊
無語靜通宵　捏詩候達旦　收放自如時　輕風詠杰倫
歲月有今朝　對酒盡言歡　浮生半日閒　幽夢轉眼醒

雨夜

霓虹糊了一片　街角成堆綠星瓶　空了
雨獨自喋喋不休　夜越來越沉重　缺了誰
一轉身　已是幾章節　水滴濺起飛舞　落地碎
那些眼淚無聲蒸發在　泛黃的記憶　充滿任性

夏至不夜

白晝極盡長　倒影寂誰了
節氣命運轉　紅月伊天邊
夜短燭先知　空杯不成眠
夢去醒猶憶　東山日再起

白露

驟雨落夜來　伊人盼秋月
星點依稀閃　待解幾聲嘆
嫦娥成鳳酥　人龍迂迴繞
楓紅偕萱芒　白露身匆露

立冬

北風寒信遲　月光偽成霜
黃陽竊節氣　夜敲冬立醒
醉看星留白　淚凍成墨花
淒淒藏又藏　春風幾時來

夜色

漫是皎潔光　無差別撒下　不再迷失的暗夜
星閃的頻率　療癒了傷人　警示著影子款曲
充滿憂鬱眼　乘載愛的淚　注定這樣漂流放
月色溫暖你　不孤獨仰望　找回最初的依靠

片段

故事完整之前　是由幾個片段組合而成　零散華麗
時間節點上　分支幾條劇情線　有些開了花　有些枯萎
沒有流星的夜　願望沒有被點燃　影子略顯沉重
排列的音符　彈出的韻腳　都有存在的意義
盡頭之前的註定

夜

沒有星星的夜　沒有雨的夜　幾道光被吞噬的夜
倒轉或快轉的夜　電子爵士的夜　白酒尬紅酒的夜
壓不了韻的夜　靈魂暫離的夜　霓虹閃爍的夜
分裂再分裂的夜　各種劇的夜　沒有對白的夜
跑了幾公里的夜　等待日出的夜　只有路口的夜
第幾頁的夜　沒有我的夜　和　沒有妳的夜

驚蟄

春愁斷無影
乍暖驚蟄寒
索爾調情響
嫣紅幾抹媚

半夢似醉醒
灰濛山水畫
遍地花海開
三分情意留

春分

晝夜各兩半　寒暖日交替
千花百卉艷　情長蝴蝶飛
幾曲餘韻繞　所思仍不見
春分解冬至　轉眼是天涯

夜

闇月無盡思　堤邊櫻已落
光影沾冷露　緩奔又幾里
咀嚼巴黎夜　耳聽美人魚
飛螢孤單舞　流線漸消散

小暑

看起來迷人　淤泥之前的故事　無所謂
掙脫後的清麗　等待綻放　然後變成回憶
太多的神色　無法描繪　空瓶蒸發　緩緩傾訴
雨勢之前　慵懶伸展　沒有灼傷　投一枚　變成許願池

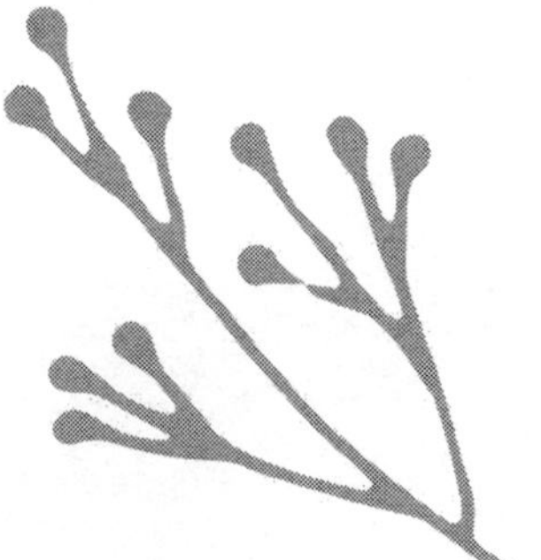

立秋

午熱愁不盡　火燒雲萬里
情雨喚未落　星燃相思月
擺渡戲幾回　獨白影伴飲
立秋暑再起　翻身夜失眠

隨寫

抓摸不定的漩渦　失去節奏的漂移
那些短暫的詩詞　幾日之後的雲散
我那僅存的嘻哈　單押雙押的天份
都在迂迴的前進　我明白我的方向

白露之後

零珠未成霜　晨夜涼入夢
光影一線隔　三人不可行
瀟灑飄幾葉　獨飲又何奈
白露又一年　孤星望秋月

秋分

夜色星辰墜　願望漸消散
乾坤八卦轉　光景不往返
索爾三放雷　銀翼特務先
調詩入混酒　天香在何方

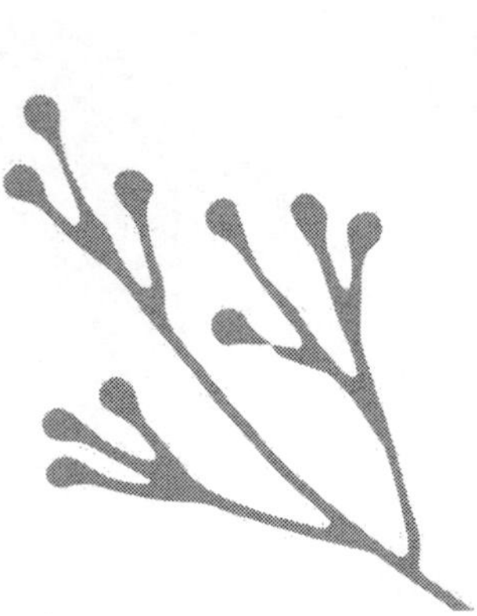

星流

太多的仰望　莫名的牽絆
交錯後失落　相思夜太遠
新人笑舊人　星流心顫抖
願許最終篇　安靜慢慢哼

霜降

寒氣八方來　月入白酒瓶
冷露幾滴醉　霜降牛花開
一口滋味淚　畫面全褪色
倦屈自取暖　靜待天明起

立冬

冬陽乍暖天　立影拉相思
時節亂了序　韻腳隨風飄
疑霜月來扮　星爍似落雪
冷暖心肚明　獨飲告別秋

大小雪

灰濛不可訴　白雪捉迷藏
底片黑白配　幾步又成詩
大佛寓觀音　噗達尬棠寧
春天被掩蓋　待融發新芽

冬至之前

冷夜無盡長　落筆生火花
思潮幾波襲　一言抵萬語
流雪八方飄　冬至之前戲
倦曲互取暖　相擁待陽昇

黑夜

關了燈　卻沒有更黑
那一袋願望　等不到流星
熱了又冷的咖啡　無法更醒
璀璨的煙花樹　還有幾日
就算黑夜迷了路　也會有個方向
洗了海尼根澡　那些泡泡　破了
有珍珠　有詩句　有妳　有沒有我

句點

不習慣同時打開各種任務
隨意的一角 立足不動
短詩 隨蒲公英飄散
長詩 刻在金銀斧上
堆積 隱藏 灌溉 靜望
我掉落的 句點 是妳

月

影追地平線　全月似近遠
舉杯琥珀光　紅顏使人醉
落詩黯然韻　夜風知我心
疑霜不見融　足跡刻骨銘

小寒

一個人　感受不到半點溫度時
那幾度C的差異　非外在　而在心
紅酒　停在三分之一的畫面很美
極致淋漓的寒　把時間暫停成雪白
淺淺的微笑　閃爍的眼神　嫣紅的雙唇
不一樣的夢境　不一樣的押韻　不一樣的結局

月冷

那明亮的一路　只有十度左右
路燈相依影子取暖
卻還是在角落哆嗦
入一口金黃　將靈魂釋放出來
月冷　疑霜　四散　慢慢　融化
把詩揮灑出藩籬　越冷越相思

大寒

最後一節氣　半寒火燒雲
短晝冷光竄　梅色繪眉角
缺月也缺妳　燭芯不願滅
獨上西樓飲　遲了是回憶

夜問

透明的雨　混著朦朧街燈
不久之後　鋪天蓋地的白
寫一首暖意　慢慢在心底燒
試著踩出華麗的足跡　旋轉
夜問　我們之間釀了多久　才會詠春

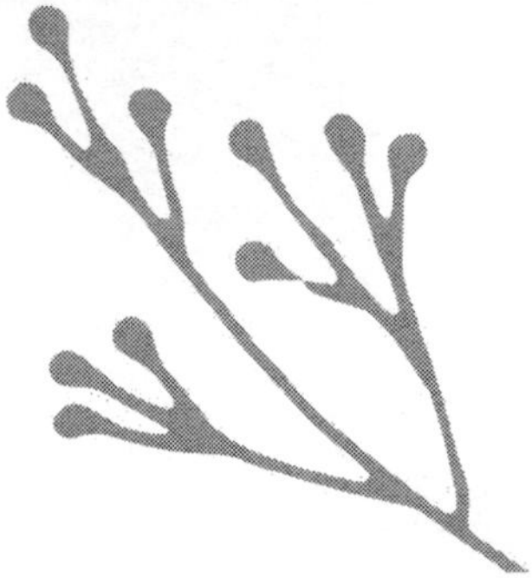

追雪

雪融待再降　酷冷暗長天
細雨不成花　天馬又行空
迷霧流風轉　櫻開莓熟時
春來燃焰火　樂來越愛妳

微雨

灰濛整個世界　不是夢境　醒不來
擱淺在地平線　不是海賊　回不來
現在是比較白的黑　比較暗的光
咀嚼著櫻花跟草莓　飲下半口金黃
忘記了是　夜失眠　還是　醒太早
微雨　那些　曾經的腳印　都　模了糊

春分

春櫻上新妝　晝夜均分美
暖陽伴微寒　涼風細雨飛
百花待爭艷　才子揮餘韻
袖搖舞幾回　醉看節氣變

穀雨

霜化柳絮飛　杜鵑聲聲啼
玉盤夜幕垂　螢火凌波微
新茗泡櫻紅　浮生夢幾回
親種心頭詩　來年春發芽

伯虎亂撇

解了謎之後　還是空白
拼湊出的畫面　還是裂痕
玄圭磨硯瓦　玉管落雲肪
斜角 3.99 度　比薩式的傾心　回不去
那心型圈是野蠻遊戲　跟著詩人漫步
沒有終點　沒有結局　只有幾首詩

夏至之後

角色定位混亂了一陣子
遠方的悶雷　轟隆不出火花
潮流傾盆而洩　夜極短又漸長
按了幾下的黑白鍵　沒有音階
夏至之前　夏至之後　無法　倒帶
彩虹暈開了眼線　是雨水　不是淚
腳步壓著韻　一步三步七步　跟著影子到盡頭

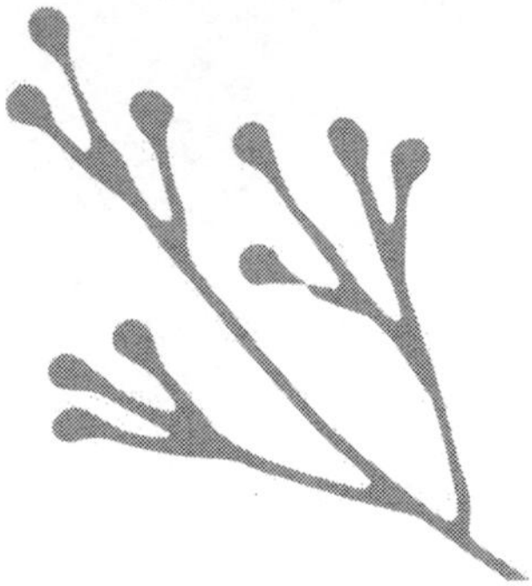

小暑

落雨半吊子 悶雷偽作虎
靜涼由心生 暑氣化煙消
月下乾坤明 八卦紫微斗
葉荷香四飄 知音幾步遠

立秋

霜白比月明　楓紅不絕春
枯藤老樹鴉　小橋流雲谷
西風不銷魂　玉關情誰知
新酌醉幾回　立秋詩華滿

隨寫

秋月藏了藏　寂寞揪成一團
倏忽情愫　閃了閃　滑過山丘
楓葉落下了　一百個祕密
迷宮裡　鏡子外　愛麗絲夢遊
倔強與脆弱在兩端　無法攪拌
第七夜　三行　押個ㄞ韻　是妳

人生

把黑色往黑洞傾　不小心　就滿溢
另外一些　只好　養成星星　過載時　化成流星
越來越難搞　只不過想要有個　不須過度融合的世界
時而平行　時而交錯　一起呼吸　放在心上　不在嘴巴
擱淺時　靜靜欣賞　隨浪而來的泡沫　節奏自己彈
人生　遇見誰　走多遠　都是命定　一個字　緣
那怕只是一場夢　黑白　彩色　都成了影像　念念

小雪

夜雨幻成雪　猶獨飲金黃
不醉不罷休　蜂檸水來解
欲言又止情　一錯千里外
回首足跡滅　影子無限長

雪藏

光映妝透亮　淚燙無聲流
寫月幾句醉　伊人夜徘迴
思狂日漸瘦　瑤姬聲聲歎
亂影四漂泊　雪藏春饗韻

舊情書

思念好久　聊天好久　約會好久
看海好久　誠品好久　漫步好久
眼裡好久　寫詩好久　暫離好久
妳是好酒　微醺好久　牽手好久
我要在妳心上　住上好久　好久

暗雷

夜半暗雷響　含冤在雨都
蟲蛇鼠一窩　作姦樂逍遙
謀財計害命　罔顧孩心願
六月將降雪　天理自昭彰

春分

春分月娘嬌　笑靨微半甜
絳蠟照紅顏　媚眼柳如腰
餘韻煙花間　落詩一氣成
對望相思醉　紅線似桃花

微光

春芽發　埋葬了冬天
甜甜圈般的黑洞　吞噬了99%光
剩下1%的嘲笑　溝不著的距離
細雨　落成一種遺憾節奏　像眼淚　不停
重新發牌後　微光　下一局　不要害怕

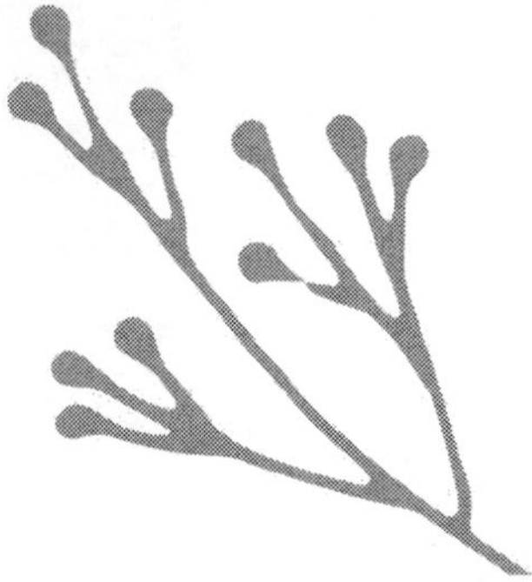

夏至

韻腳幾對折　日暮拒交替
空杯飲下淚　惆悵獨消愁
星閃似燭火　蠟盡不成眠
轉身魚肚白　夏至後誰來

顏色

夕陽漸層的淡橘　是故事的結局
一道一道甜言蜜語　是繽紛糖果色
表面陽光無礙　靈魂百分之百灰色
沙灘上雙人足跡　是熱情的豔紅
思念化成千言萬語的墨跡　是獨白

七秋

風城夕照餘　立秋葉先知
日中暑不散　向晚涼微動
夜飲兩三杯　吟詩五言絕
鵲踏銀河浪　牽牛織女聚

寒露

夜色寒露白　酒入喉相思
詩成影半明　落點斷尾淚
茫茫又瀟瀟　離觴幾重深
孤燈水倒映　凝空流星語

冬至

路迷影伴身　雪霜寒意來
相思豆沸騰　入幾圓暖心
酒釀詩餡甜　三顆七分醺
冬至夜不醒　春陽喚終局

驚蟄

驚蟄春雷響　韶光陽氣升
日夜分秒守　罩護第醫線
莫讓方寸亂　流言一宵散
人定勝肺疫　曙光終將現

立夏

懸日忠孝西　淡橘滿天橋
嘉伶順時中　圈圈不叉叉
眾聲齊叫好　切莫鬆懈潰
立夏氣反轉　暑來菌消散

大小暑

夜熱午熟相燥同　彗星流長願成真
大暑小暑落冰盤　佳人搖扇待轉身

雜

突雨收尾暑　半涼月透秋
宇宙一方波　心跳亂了奏
路迷倒影恍　斷訊未滿格
煙霄雙星匯　人間幾漂流

大雪

雪集中呼吸　壹之型雨霜
白絮流綿轉　上下幾度稀
北城暮寒襲　夜深忘入睡
月白漣叁舞　無限列車夢

驚蟄 2021

春眠藏驚蟄　粉櫻蓋隱雷
煙雨伴旺來　萬念成千盾
柳楊垂搖曳　無招勝有招
達叔終上車　歡笑永烙心

半月牙

雲龍轉玉盤　子時皎如鏡
停杯歌幾句　不解飲風情
影晃凌波步　豪氣十八掌
往事不回首　斷愁也折夢

單人

單人不群聚　重置人生鍵
校正回歸題　總數時間差
荒唐鏡寫照　不打才破口
空城展決心　同島一懸命

芒種天光

舊恩起漣漪　美日齊友好
芒種及時雨　寒露前完疫
串唱手牽手　千憂樂來解
端午轉訊聚　天光不遠處

夏至

夏至陰陽轉　雨點值千金
二舞鈴前戲　漸進必然足
愁鬍黑白間　悵心無人知
夜追夜無盡　星閃尾芒願

大叔控

凌晨二點整。James 正準備將他的「Face Bar」打烊。這是 James 三年前，好不容易找到位於市區熱鬧，十字大道迂迴曲折的巷弄店面。營業除了是興趣外，純粹就是希望有個與朋友可以保持面對面互動的天地，所以一切都非關營利。「FB」狹長約二十坪左右，裝潢極簡風格，色系設計成黑白鋼琴鍵。

長長的吧台只能容納約十人，並無其他多餘的坐位，牆上則掛滿他好友「帕拉」的黑白攝影作品，最近的主題是「街頭．仰角」。而打烊工作通常由 James 自己一個人包辦，他會讓打工的阿澈跟小羽先行離開，然後享受這短暫寧靜的獨處時光，平常日其實也不怎麼繁忙，而特別的日子，他的好友通常都會包場，大家聚在一起五四三一番。突然！那厚重的木門被推開來……

眼前出現一名女子，略微搖晃的往靠近門邊的位置坐上去，James 愣了幾秒……回神過來，迅速打量了這名女子。

身高約莫一六八左右，波浪深咖啡中長髮，淡妝下的五官細緻分明，有點過份的長睫毛，空靈帶著七分醺的雙眼，透白的膚色因酒精的關係則略呈蘋果紅，身著合宜白色小碎花縮腰洋裝，外搭著紫羅蘭針織杉外套，手上拿著黑色菱格壓紋銀鍊包。

「小姐，不好意思！我們打烊了。需要幫妳叫計程車嗎？」James 恢復冷靜的說。

一陣沉默後……

「唔，可……可以給我……一杯酒嗎？」她雙眼迷濛的說。

「小姐，真的很不好意思！方便的話我給妳一杯蜂蜜檸檬水好嗎？然後我幫妳叫車」James 有點擔憂的望著她。

「我……我要酒……給我酒！」她有點失控的說。

「還有……我叫艾莉，你不要去叫小姐……好不好……」艾莉補充說。

「……艾莉，妳先喝杯水，之後我再調一杯酒給妳，好嗎？」James 說。

「還有我不會去叫小姐……」James 邊笑邊喃喃自語的說。

然後，他迅速調了一杯蜂蜜檸檬水，遞上海尼根杯墊，將水擺在艾莉眼前，轉身把空調再度打開，並把大門外的燈與招牌的燈一併關了。

回頭，艾莉早以把那杯有解酒功能的蜂蜜檸檬水乾了。

「可以……再給我一杯嗎？」艾莉指了指空杯子。

「非常樂意！」James 微笑的說。

第二杯喝到一半時，艾莉忽然想到了什麼而放聲哭了出來，James 默默的遞上了手帕，這種場面對他來說似乎司空見慣了。

眼淚若是沒有一次流完，日後總是會內傷，過了幾分鐘後，艾莉感覺清醒了一些，大概是眼淚夾帶著一些酒精奪框而出的關係。

她拿起手帕擦了擦未乾的淚痕……

「老闆，謝謝你，不過你真的很老派耶！竟然有手帕。」艾莉帶著一抹輕笑說。

「不只老派，我還很念舊，那手帕有十個人用過，而我從沒洗過它。」James 正經的說。

唉唷！艾莉把手帕丟到一旁！

「看你長得還滿有型的，沒想到這麼不愛乾淨又髒！」艾莉望著 James 又看了看手帕說。

James 做了一個聳肩攤手的動作。艾莉又伸手去拿了手帕，聞了一聞。

「吼！你騙我！明明有淡香水的味道！」艾莉嘟著嘴說。

James 心想，她看起來清醒了不少，望了一下手錶已快凌晨三點。

「嗯！艾莉，看來你有比較清醒了，我幫妳叫部車，好嗎？其實我們已經打烊了。」James 說。

「老闆，你剛剛說我喝完水你要調一杯酒給我的，怎麼可以說話不算話呢？」艾莉說。

James 面有難色……過了幾秒。

「好吧！我為妳特調一杯，但喝完妳就要回家，好嗎？」James 打定主意的說。

「好！一言為定！真心不騙！」艾莉喜孜孜的說。

James 轉身拿了一瓶 Black Bull 12yo 威士忌，把酒精燈點燃，順手把高腳杯溫了溫，然後將威士忌倒入杯中混了一些糖，放在酒精燈上略烤之後，趁威士忌燒開前，往杯內點了火，開出了一朵豔麗的火花，艾莉驚嘆的哇了一聲！James 此舉是要把酒精燃燒完，但空氣中卻會帶著酒香，說穿了是一杯沒有酒精的調酒。

最後他把一貫打烊時為自己準備的研磨黑咖啡也倒入杯中，並擠了一些奶油在杯口上。

「老闆，你都是這樣把妹的嗎？」艾莉呵呵笑的說。

James 給了她一個三圈半的白眼！

「說好了喔！喝完妳要乖乖的回家。」James 將愛爾蘭咖啡遞給艾莉時說。

「嗯……老闆，你不會好奇我為什麼哭嗎？」艾莉低頭的說。

「每個人都有他自己的故事，能哭出來表示妳心中已有了答案，最怕的是哭不出來。」James 邊進行打烊 SOP 邊說。

「妳看起來還很年輕，外面的世界很大，還有很多事情或夢想等著妳去經歷和完成，可以傻一時，但不要傻一輩子。」James 語重心長的說。

結果……艾莉竟然趴著睡著了……還發出輕微的打呼聲！James 覺得好氣又好笑。

James 花了三十分鐘完成了打烊工作，倚在吧台內，慢慢的品嚐黑咖啡，靜靜的望著艾莉。

清晨五點半，艾莉步出「Face Bar」輕快的走到十字大道上，招手攔了一台計程車後離去……

James 隱約聽到大門的風鈴聲，迷糊的睜開眼，定了定神！環顧一下四周，艾莉已經離開（可能就是剛剛的風鈴聲時離開的）。

原來，James 是個生活規律的人，平常清晨五點左右，正是他睡覺的時間，一般他凌晨三點能回到家，黑咖啡能讓他多撐兩個小時，剛剛他不小心就無意識的睡著了！

吧台上留有一張便條紙……跟一張千元大鈔。

HEY！老闆！

你人真好，沒有趁人之危或趁虛而入，特調很好喝，雖然我醒來時它已經冷掉了，這是你的心意，我還是喝光它！呵呵！

本想當面跟你說聲謝謝！但你卻接著睡著了，換我不好意思！打擾了你這麼久，手帕我就帶回去洗了！下次我再拿去店裡還給你。

我會保持清醒的狀態啦！請放心！此時此刻我很清醒，先回家了！期待下次再見！

PS.我不是傻妹，我是大叔控！請小心！

三人行必有我失戀

「你想清楚了嗎？」小樂歇斯底里的吼著。

阿哲雙眼無神的點了點頭。

早在一年前他知道她的心，已經被分成兩等份，隨著遠距離的來來回回分離又相聚。

阿哲擁有的這一份比例……已是昨日黃花。

愛情對他們兩個人都很重要，過往不堪的殘缺他們好不容易才幫彼此補上，如果你很容易愛上一個人，相對也會很容易放棄。反之則異。

阿哲在小樂這趟回國前已兩天未入眠，那些過往的甜蜜劇情時時刻刻都在腦海上演。他知道小樂無法做出選擇，也不會傷害任何人……

但時間像隨時都會引爆的炸彈，滴答滴答……滴答滴答在阿哲的耳邊提醒著他！

「嗯！我祝福妳。」沉默了數秒後，阿哲擠出一絲絲笑容的說。

「你……知道我不能沒有你，我承認我很自私。」小樂撐不住潰堤的眼淚，黑色眼影也隨之崩解！

三小時前，他們愉快的用著晚餐，席間小樂占了九成的時間訴說著她這次遠行發生的趣事，也多少提到了 Tom 正準備著去紐約面試發展。

阿哲已經練就出一臉沒有任何私人情緒的好功夫，並在適當的句號給予小樂微笑回應，卻也不願主動詢問 Tom 與她的任何進展。

漫步回家的路上，月光似乎把阿哲的心事全照了出來，他倆牽著手的影子，扭曲的拉長似近又遠！

「我先去幫你準備熱水泡澡」小樂貼心的說。

「嗯！謝謝妳」阿哲若有所思的回答。

「神經喔！呵呵！幹嘛變這麼客氣，我看你好像很累，黑眼圈有二十公斤了吧！」小樂邊往浴室走邊說。

阿哲拖著沉重的腳步緩緩走向客廳，一時也不想坐下，深怕再也沒有力氣說出他最後的決定……

隨手打開電視，正在播《曼哈頓練習曲》亞當李維唱著《Lost Star》的片段。

Turn the page maybe we'll find a brand new ending.

翻往別頁，或許我們能尋獲嶄新的結局。

Where we're dancing in our tears and

讓我們在悲痛中，歡笑起舞吧。

小樂在浴室聽到後，隨著哼唱……

兩個人就同步沉浸在這四分鐘的旋律當中，世界似乎又開始美好的轉動起來……

音樂結束後。

「妳這次再回去後，就跟 Tom 在一起了吧！」阿哲深深的嘆了一氣。

「我們就不要再見面了……」阿哲強忍淚水。

突然浴室一陣東摔西落的聲音……

「我不能……沒有你！」小樂癱坐在地上說。

空氣凝結到快令人窒息的程度，世界就這樣靜止了，沒有任何畫面，一片慘白！

過了許久……阿哲回神過來，小樂已經不知去向，下意識撥了手機已轉語音……

浴室的熱水像阿哲的淚水滾燙直流不止！

他走進室將熱水關掉，順手將快滿溢的熱水一起放了！

然後癱在地板上抱頭痛哭……

化妝鏡上因熱氣浮出幾個字來：「I love you forever! 樂。」

旋轉門

「Jay」
熟悉的聲音從左後方傳來
轉身一看
是 Joyce
她帶著黑框眼鏡與刻意壓低的棒球帽
Jay 著實花了一些時間去 google 一下記憶
拼湊出影像和故事
終於擠出了一抹微笑
「……嗨！」
夜正指著十二點鐘
三年前
他們在一場公關活動中相識

彼此禮貌性的交換名片後
又各自回到自己的世界生活
Jay 出了名不喜交際
而 Joyce 工作正準備起飛
從業餘模特兒加入知名國際經紀公司
諸多的因素讓他們始終保持距離
緣分這事卻不放過他們
某個夏日午後
拍完平面服裝雜誌廣告的 Joyce
因進度提前完成
難得有空閒時間
就獨自到永康街去吃芒果冰
遠遠的排隊人潮
她一眼就認出 Jay 在當中
Jay 是個自由作家

偶爾搞設計玩創意接接案子

「哈囉！真有緣……可以順便幫我點嗎？」Joyce 吐舌的說

「喔喔……好……」Jay 有點被嚇到的回答

之後那兩碗冰融化的特別快

是熱情……還是因聊得不亦樂乎遺忘所造成

Jay 回到工作室便加入了 Joyce 的 MSN

那些日子

又是一陣天南地北的對話

有一次

Joyce 說出了一個旋轉門的祕密

她們公司樓下

正是一個旋轉門

「每一天抱著誠心……進入旋轉門……只要轉到 999 圈……可以許願成真喔。」Joyce 像個小孩開心的敲打著鍵盤

「扣除假日……那等於要三年左右……才有機會。」Jay 理性的分析回應

「比起流星或許願池……我更覺得它會成真呢！」Joyce 很篤定的繼續敲打

「那如果一天多轉幾圈怎麼計算……」Jay 骨子裡沒耐性

「作弊的都不算……願望耶……哪有這麼簡單呀！」Joyce 好氣又好笑的回

「如果是許願……我倒比較想在旋轉門裡跳一支圓舞曲。」Jay 自以為浪漫的丟出這句

「……是喔！」Joyce 夢幻著

沒多久……Joyce 的工作開始繁忙

三不五時要飛到世界各地去拍照走秀

狗仔的長鏡頭也漸漸瞄準起她

Jay 突然音訊全無的離開地球表面

Joyce 為了自己的夢想

也只有無奈面對

遠方的鐘聲第十二響

「我轉了……999 圈……今天願望終於實現了……」Joyce 緩緩的對著 Jay 說

「……好久不見了……」Jay 顧左右而言他

Joyce 走近 Jay 距離只剩下一個擁抱

彼此相視了許久
「你還欠我一支舞呢！」Joyce 俏皮的說

旋轉門
正困窘你
還是幫你實現願望呢？

上弦月

「什麼！」Judy 瞪大眼望著 Vivian 說

「是的……妳沒聽錯。」Vivian 喝著沛綠雅寫意的看著窗外

「他是神經錯亂？還是故意拒絕妳想炫耀？該不會……他……對女人沒興趣？」

Judy 一連串的疑問丟出

Vivian 天生長得就是一件藝術品

她沒有太多的花蝴蝶性格

而身上總是聚集著男人目光

來自四面八方卻沒有一束有穿透力

但她並不急

姐妹淘紛紛步入禮堂之際

她仍堅持相信

幸福

總有一天
會降臨在她身上
「我不懂他的吸引力在哪？倒是妳拒絕了難得一見 Ben 這樣的男生。」
Judy 八卦的基因分裂著
Ben 有著媲美雙 B 的各項特質
唯一缺點可能就是過於完美
任何女人都難以抗拒他的魅力
他也相當的潔身自愛
怎麼看
Ben 與 Vivian 都是天造地設的一對
但愛情
是沒有答案的
也許 Vivian 這道題
99%的人會選圈
而 Tom 成為了那 1%選了叉

Tom 算是在廣告傳播界剛竄起的新星
很多成功的創意文案與廣告腳本
都是出自他手中
在掌聲與讚嘆的同時
他卻又常常消失無蹤

Tom 在某一次提案與 Vivian 遇上了
短短的一小時會議裡
Vivian 忽然覺得自己著了魔的似
深深被 Tom 所吸引著
那樣的氛圍
不是刻意營造
在拍板定案結束後
Vivian 看見他迅速離場
便快步的跟上

終於在轉角第七街口追上了

「Tom」Vivian 喊住了他

Tom 轉身愣了一下

「……我剛剛……好像愛上了你。」

Vivian 聽過無數次我愛妳卻不曾聽見自己說出口

而且還是初次見面的陌生男子

路燈將他們的影子拉長至盡頭

交集的很扭曲

空氣中他們似乎可以聽見對方的心跳

「我的心有個缺……像今晚的上弦月……那麼不完整。」Tom 冷靜的看著她

「是我也無法補上的缺嗎？」Vivian 有點心急

「可以這麼說……被盜走了……在三年前……」Tom 很篤定的說

「所以……他用上弦月來拒絕妳？」Judy 有點揶揄的說著

「是呀！……上弦月……」Vivian 微笑的說

「謝謝你拒絕我……我以為我這輩子不會有這樣的感覺……」

Vivian 轉身離開 Tom 的同時丟下了這一句

座標

未接來電七通
彼特沖完澡發現
第八通正響起
顯示著是蘿卡
彼特遲疑了一下
專屬來電鈴聲催促著他接起
喂了一聲
對方沒有任何動靜
當中的沉默一點一滴緩慢擴散
彼特正準備說些什麼之餘
我愛你
話筒那端隱隱約約傳來

三個字
彼特應該表示些什麼的同時
第二次我愛你
再度傳了過來
夾帶著啜泣聲
彼特的祕密寶盒被強力撞擊
幾萬張影像快速的排山倒海而來
雖然不痛了
可是那道疤一直在他身上
短短幾秒
往事又上演幾回
終於
妳不要動
我去接妳
他知道蘿卡受傷了

需要他
她從不對他說我愛你
愛不愛
重要嗎？
彼特不需要聽我愛你
閉著眼
三秒之內
就可以定位出蘿卡的座標
像人造衛星一樣精準
從來
蘿卡像花蝴蝶一樣
這一些
彼特都清楚記錄著
痛的濃度
混合著酒精的轟炸

侵蝕崩壞
但

這一刻

來
把手給我
順勢背起了她
往無人島

出發去

布丁女孩

在接近夏天的一個無聊悶熱星期一下午……布丁女孩身影再度浮現腦海中……

稱之為布丁女孩是印象中的她，她說著她在7-11手上永遠都拿著布丁準備結帳……

至於有關她的長相、身高之類，清晰又斷續模糊著！

很突然的遇見她，連自己都莫名其妙……

門鈴卻在這時響起……開了門！

「你好！打擾了，我是寂寞先生。」他如此說道

「呃！寂寞先生……」我一臉疑惑

「嗯！在你寂寞時就會出現的寂寞先生。」他說

「我不寂寞呀！我正在想一個女孩。」我好笑的說

「是啊！因為寂寞所以想念。」他理直氣壯的說

「並不是……我只是單純的想起她而已！」我解釋道

「是吧！寂寞的人通常都不會承認自己是寂寞的。」他說

「那麼……寂寞先生你寂寞嗎？」我說

「我本身並不寂寞……我是寂寞下的產物，我代表著你。」他得意笑著說

「也就是說只要我不寂寞了……你就會消失？」我說

「基本上這麼說沒錯！」他說

「但也只是暫時性的問題罷了！」我無奈的說

「嗯！人都是會寂寞的。」他說

「那麼你最主要出現的目的是什麼呢！？」我說

「是來幫助你離開寂寞的狀態。」他說

「有什麼特別的方法嗎？」我問

「有！首先你必須相信我的存在及承認自己的寂寞……」他認真的說

「喔！……要怎麼證明……自己是寂寞的，你出現不就證明了一切了嗎？」我說

「嗯！好，你現在閉上眼睛默數三聲再張開眼。」他說

「……」我竟然照他的話做了！

「一……二……三！」我睜開眼

布丁女孩出現在我的眼前……

「HI！笨蛋！」她說

「……呃！」我說

我看了一下四周環境，是在一個橘色的空間裡，而這是我我第七次夢到布丁女孩

於是7-11裡的我……手上也拿著布丁準備結帳

而寂寞先生又暫時性的消失，下一次……

來的是他還是……妳？

低調j

嘆息在北緯21度45分
月光引出我的影子
南風拉長陰影至地平線

燈塔閃閃挑逗著船隻
我隻身在一旁觀賞
曲終我追尋夏天的尾巴　重新譜曲

小寫j像個音符　低調華麗　是我的風格
我追隨　也不追隨　我是上帝　派來的使者
華麗低調　j　邊緣界線發光

把妳寫入五線譜
華麗低調 j 節拍起伏精準
聽的如癡如醉 卻永遠無法下載

低調有十誡 戒狂 戒炫耀 戒瘋 戒驕傲 戒搭訕
低調有十誡 戒色 戒放縱 戒勾引 戒思念 戒演戲

華麗低調 j 曲終不要人散
讓妳進入排行榜
華麗低調 j 劇情對白到位
不能説的祕密 是我最後的演奏

國家圖書館出版品預行編目資料

純粹夏天／鴉夏天著. --初版.--臺中市：白象文化事業有限公司，2021.12
面； 公分
ISBN 978-626-7056-16-5（平裝）

863.51 110016810

純粹夏天

作　　者　鴉夏天
校　　對　鴉夏天
發 行 人　張輝潭
出版發行　白象文化事業有限公司
412台中市大里區科技路1號8樓之2（台中軟體園區）
出版專線：（04）2496-5995　傳真：（04）2496-9901
401台中市東區和平街228巷44號（經銷部）
購書專線：（04）2220-8589　傳真：（04）2220-8505
專案主編　陳媁婷
出版編印　林榮威、陳逸儒、黃麗穎、水邊、陳媁婷、李婕
設計創意　張禮南、何佳諠
經銷推廣　李莉吟、莊博亞、劉育姍、李如玉
經紀企劃　張輝潭、徐錦淳、廖書湘、黃姿虹
營運管理　林金郎、曾千熏
印　　刷　百通科技股份有限公司
初版一刷　2021年12月
定　　價　280元